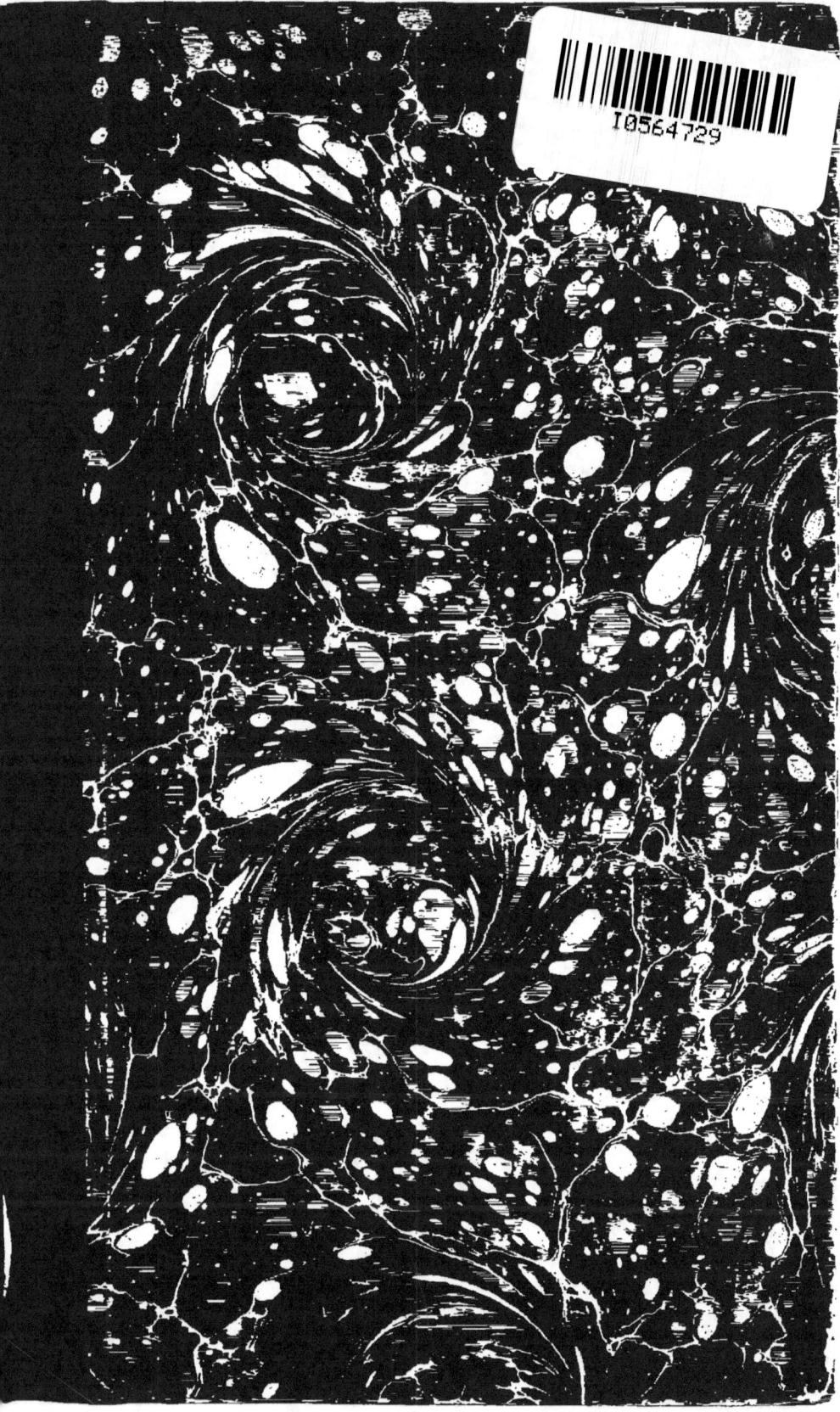

CHARLES NARREY

CE QUE L'ON DIT

PENDANT UNE

CONTREDANSE

PARIS

E. DENTU, Éditeur	LIBRAIRIE CENTRALE
17 et 19	24
Galerie d'Orléans, Palais-Royal.	Boulevard des Italiens

MDCCCLXIII

CE QUE L'ON DIT

PENDANT UNE

CONTREDANSE

POISSY. — TYP. ET STER. DE A. BOURET

CHARLES NARREY

—

CE QUE L'ON DIT

PENDANT UNE

CONTREDANSE

PARIS

E. DENTU, ÉDITEUR | LIBRAIRIE CENTRALE

13-17, Galerie d'Orléans, Palais Royal. | 24, Boulevard des Italiens.

1863

Cette *fantaisie* est dédiée à madame de L***, avec le plus profond respect. Cependant l'auteur croit devoir déclarer que ce respect n'a rien de désobligeant pour la radieuse beauté de madame de L***.

CE QUE L'ON DIT

PENDANT

UNE CONTREDANSE

————◆————

SCÈNES DE LA VIE HUMAINE.

————

Nous sommes à Paris; nous pourrions être à Vienne, à Saint-Pétersbourg ou à Brives-la-Gaillarde.

Nous sommes au faubourg Saint-Honoré, nous pourrions être au faubourg Saint-Germain ou au Marais.

Nous sommes au premier, nous pourrions être au second ou même au cinquième.

Nous sommes chez M. Dutillet tout court, nous pourrions être chez M. du Tillet de... du... ou de la... ou même chez M. le marquis du Tillet !

1

Le salon est somptueusement orné, mais d'un goût douteux, il pourrait être plus simple, il pourrait aussi être plus riche et parfaitement harmonié.

Les tableaux qui pendent au mur sont là pour prouver que le maître de céans aime et protége les arts ; mais ils ne remplissent pas leur mission, ou ils la remplissent mal — Ils sont meublans; — ils pourraient être beaux.

Les murs dont j'ai parlé plus haut, plient sous le poids du lourd papier de velours et des innombrables baguettes dorées, qui papillottent à vous crever les yeux. Cette tenture tapageuse pourrait être remplacée par du lampas, par du brocart ou par du camelot de soie, sans rien changer à notre petite scène de mœurs !

UN BAL.

Tous les bals se ressemblent.

Partout où l'on danse, il y a de jolies femmes et des femmes qui croient l'être. — Des hommes d'esprit et des sots. — Des coquins et d'honnêtes gens. — Des riches et des pauvres. — Plus de pauvres, de coquins et de sots, que de riches, d'hommes d'esprit et d'honnêtes gens. Mais partout, ce sont les mêmes ridicules qui s'épanouissent, les mêmes intérêts qui se coudoient, les mêmes ambitions qui se heurtent et les mêmes passions qui s'agitent.

Dans tel bal, c'est un colonel qui voudrait être général; — dans tel autre, c'est un lieutenant qui voudrait deux épaulettes. Ici, c'est un simple commis qui sollicite le modeste emploi de sous-chef; — là, c'est un secrétaire général qui sollicite un portefeuille. — De ce côté, c'est un jeune avoué qui cherche une dot de cent mille francs pour payer son étude ; — de l'autre côté, c'est un fils de famille qui espère trouver un million pour redorer les supports de son blason. Vous voyez, c'est la même facture ; seul, le total diffère.

ENCORE UN MOT, un mot de vingt lignes seulement.

Ce qui m'a donné l'idée de placer cette lanterne magique dans les salons d'un banquier, c'est que nulle part, au monde, on ne rencontre une société plus disparate : des ambassadeurs et des commis d'agent de change ; — des conseillers d'État et des hommes de lettres.

Un jour, chez M. D***, un financier... mais pas un de ces financiers qui poussent en une nuit à la Bourse, comme les champignons sur un fumier... un vrai financier... je rencontrai un, je vous le donne en dix... je vous le donne en cent... je vous le donne en mille... un... un huissier (1)... Tant pis ! le mot est lâché ! mais un huissier tiré à quatre épingles, si bien harnaché, que vraisemblablement, il n'a jamais dû faire son petit travail que chez des grands seigneurs, ou tout au moins chez des millionnaires.

Si j'ai parlé de cette rencontre bizarre, c'est pour que l'on ne soit pas étonné de voir réunis dans le salon de notre amphytrion des gens de tous les mondes.

Les lits sont démontés et relégués dans les cabinets noirs ; des banquettes de M. Godillot remplacent les canapés et les

---

(1) Je hais les huissiers (2).
(2) Mais ma haine est toute platonique (3).
(3) Je n'ai jamais eu affaire à un seul de ces officiers publics (4).
(4) Ce n'est pas une plainte que j'exhale, c'est une antipathie que je constate.

fauteuils qui ont été exilés dans les chambres de domestiques.

————

Lorsque le jour aura chassé l'ombre du dernier invité.....
après quelques heures d'un travail opiniâtre, la famile Dutillet
pourra se coucher.....

Mais pas dormir.

PANTALON

PANTALON.

1er COUPLE.

Une jeune fille dont on dit : c'est une excellente personne, et un apprenti millionnaire.

LA JEUNE FILLE DONT ON DIT : C'EST UNE EXCELLENTE PERSONNE.

Le bal de M. Dutillet est charmant!

L'APPRENTI MILLIONNAIRE.

Charmant!... mais l'amphytrion saura demain ce que lui coûte sa petite fête; — et il rira jaune, si toutefois il rit. — car il n'attache pas ses employés avec des saucisses. Au moment où le chef d'orchestre a donné le signal de cette contredanse que vous avez eu la gracieuseté de m'accorder, je faisais son addition. J'en étais déjà à 2,342 fr. 50 c..., et je n'avais encore compté ni les bougies, ni les lampes, ni les toilettes de ces dames, je veux dire de sa femme et de sa fille.

2e COUPLE.

Un collégien et une pensionnaire.

LE COLLÉGIEN.

Il fait chaud, n'est-ce pas, mademoiselle?

LA PENSIONNAIRE.

Oh! oui, monsieur, très-chaud !

3e COUPLE.

Un coulissier en congé de réforme et une dame vaporeuse.

LE COULISSIER EN CONGÉ DE RÉFORME.

Madame, savez-vous à quelle heure on soupe?

LA DAME VAPOREUSE.

A trois heures du matin, je crois, monsieur.

LE COULISSIER.

Oh! oh! nous n'y sommes pas. — On soupe trop tard maintenant, n'êtes-vous pas de mon avis, madame?

LA DAME VAPOREUSE.

Monsieur, je ne prends jamais rien la nuit, et je prends fort peu de chose le jour. Je vivrais trois semaines d'une aile de roitelet.

4e COUPLE.

Une dame qui n'est pas bonne et un monsieur qui est mauvais.

LA DAME QUI N'EST PAS BONNE.

Je suis enchantée de vous rencontrer ici, cher monsieur, si vous le permettez, nous allons rire un peu de notre prochain.

1.

LE MONSIEUR QUI EST MAUVAIS.

Nous en rirons beaucoup, s'il vous plaît, chère madame.

LA DAME.

Médisons, mais ne calomnions pas.

LE MONSIEUR.

Calomnier! ce mot-là n'est plus français dans aucune langue; le mal que l'on dit de l'espèce humaine est toujours au-dessous de la vérité.

LA DAME.

Vous êtes donc réellement très-méchant, vous?

LE MONSIEUR.

Oui, madame, je ne veux pas me singulariser.

5ᵉ COUPLE.

Un jeune homme timide et une petite blonde.

LE JEUNE HOMME TIMIDE.

. . . .

LA PETITE BLONDE.

. . . .

6ᵉ COUPLE.

Un pastel du temps de Latour et un Don Juan myope et loquace.

LE PASTEL DU TEMPS DE LATOUR.

Parlez plus bas, monsieur.

LE DON JUAN MYOPE ET LOQUACE.

Oui, madame, je parlerai plus bas, mais vous ne m'empêcherez pas de vous dire que vous êtes la femme la plus gracieuse de tout Paris. J'ai le courage de mon opinion, même lorsque je pense comme tout le monde.

7e COUPLE.

Un monsieur qui parle comme s'il avait de l'esprit et une jeune veuve.

LE MONSIEUR QUI PARLE COMME S'IL AVAIT DE L'ESPRIT.

Comment passez-vous vos soirées, madame?

LA JEUNE VEUVE.

Je lis, ou je vais au théâtre.

LE MONSIEUR.

Le théâtre! la lecture! Je ne *fréquente* plus les théâtres depuis que je me suis aperçu que l'on joue toujours la même pièce. — J'ai renoncé à lire depuis que j'ai découvert que l'on refait toujours le même roman. Ouvrez-en vingt, au hasard, et voyez s'ils ne commencent pas tous ainsi : « Par une belle matinée du mois de .. » et s'ils ne finissent pas tous par cette phrase consacrée : « Lorsqu'on la releva, ce n'était plus qu'un cadavre... « Quant à l'intérieur du volume, c'est du remplissage.

8e COUPLE.

Un jeune homme comme il n'y en a guère et une jeune fille comme il y en a peu.

LE JEUNE HOMME COMME IL N'Y EN A GUÈRE.

(A lui-même.) Je sais que ma famille veut me faire épouser

mademoiselle Dutillet, ma danseuse. Soyons désagréable, elle me refusera.

UNE JEUNE FILLE COMME IL Y EN A PEU.

(A elle-même.) Ah! mon cavalier veut devenir mon mari; nous verrons bien !

LE JEUNE HOMME.

A quoi pensez-vous donc, mademoiselle Blanche?

LA JEUNE FILLE.

Je pense que j'ai un cavalier qui n'est pas bavard.

LE JEUNE HOMME.

Je vous avoue que je ne sais que vous dire.

LA JEUNE FILLE.

On dit : Mademoiselle Blanche, vous avez une belle robe. C'est niais, mais cela fait toujours plaisir.

LE JEUNE HOMME.

Franchement, je trouve ces petits compliments ridicules et inutiles.

LA JEUNE FILLE.

Vous n'aimez donc pas le bal ?

LE JEUNE HOMME

Non.

LA JEUNE FILLE.

Moi, je l'adore, je voudrais y passer toutes mes nuits; et tous mes jours au bois dans une grande voiture découverte. C'est si gentil, d'être regardée quand on a une jolie toilette. Sur votre passage, tout le monde dit à voix basse : elle est charmante!... On a l'air de ne pas entendre, mais on entend très bien !

LE JEUNE HOMME (à part).

C'est une coquette!

LA JEUNE FILLE (à part).

Il réfléchit déjà!

LE JEUNE HOMME.

Moi j'avoue que je déteste le monde. J'aime mieux fumer un bon Londrès, au cercle avec des amis... La société des dames ne m'est pas absolument indispensable.

GALERIE.

CHŒUR

DE MAMANS.

Que ma fille est bien. Elle danse comme une sylphide! quelle grâce! quelle distinction! quelle élégance!... En la voyant si belle, je revois mes seize ans! Ah! je suis la plus heureuse des mères!

UN DOMESTIQUE (annonçant).

M. Hugues Binet, M. Stéphen Cruchard, M. Tiburce Balandruche, M. Gontran Labuse.

UN MONSIEUR QUI A DROIT AU DE.

Remarquez-vous, cher comte, combien les noms propres ont perdu de leur sonorité depuis la loi nouvelle.

LE COMTE DE TROIS ÉTOILES.

Il y a six mois, M. Binet, le moins titré de ces gens-là, était le baron de la Binetière.

LE MONSIEUR QUI A DROIT AU DE.

Ils ont tous renoncé à leur titre, à leur particule et au faux nez dont ils affublaient leur roture; mais ils n'en sont pas moins toujours d'une très-ancienne famille romaine.

LE COMTE DE TROIS ÉTOILES.

Oui, de celle qui sauva le capitole.

LE MAITRE DE LA MAISON (se multipliant).

Prenez donc une glace, madame... Mademoiselle, prenez

un verre d'orgeat... Monsieur, votre Suzanne est charmante, c'est la reine du bal!

MADAME DUTILLET (à M. Dutillet).

Je suis furieuse! Madame de Blassac, qui nous arrive avec une robe qu'elle a déjà mise deux fois... Elle nous devait bien une toilette neuve... Je n'irai pas chez elle mardi; et madame Desormeaux, qui a des gants nettoyés à la benzine-Colas; c'est une infection! On alloue une prime à ceux qui détruisent les rats et peut-être ne donnerait-on rien aux gens qui délivreraient la société, des inventeurs de pareilles drogues; pourtant, ils sont autrement nuisibles que ces malheureux rongeurs.

UNE DAME DE 45 ANS QUI N'EN PARAÎT PAS PLUS DE 53.

La galanterie française a bien périclité!... Autrefois, les hommes avaient le goût plus épuré... Il y a vingt-cinq ans, j'étais entourée, et aujourd'hui je fais tapisserie comme un simple tissu des Gobelins.

UN TYRAN DOMESTIQUE.

Tu n'as pas oublié nos conventions : A minuit, nous serons rentrés, et tu ne danseras pas avec M. Cléobul.

UNE VICTIME COMME IL Y EN A BEAUCOUP.

Bien, mon ami. — Va donc prendre mon mouchoir sérieux que j'ai oublié dans mon pardessus.

(Le tyran domestique s'éloigne en murmurant; la victime danse avec M. Cléobul.)

UN EMPLOYÉ.

Ouf! ma corvée est finie. J'ai fait danser la femme de mon chef de division; j'ose espérer que cela me comptera pour mon avancement.

UN PHILOSOPHE.

Voyez ce monsieur, il m'a écrasé le pied, il se retourne pour bien faire voir qu'il s'est aperçu de sa maladresse. Vous croyez qu'il s'excusera?.., Allons donc! il savait déjà par cœur le manuel du parfait millionnaire à l'âge où on épelle encore la civilité puérile et honnête.

AUTRE GUITARE.

Les bêtes ont plus de savoir-vivre que certaines gens.

LE PHILOSOPHE.

Ce qui le prouve, c'est qu'elles ne disent rien, quand l'homme, de son autorité privée, dit : Je suis la plus intelligente des créatures de Dieu, moi !

L'ORCHESTRE, COMME UN SEUL HOMME.

Je boirais bien un verre de vin chaud, fut-il froid !

ÉTÉ

ÉTÉ.

Ier COUPLE.

L'APPRENTI MILLIONNAIRE.

Nous avons 930 bougies des cinq, je les ai comptées... ce qui fait 86 livres à 1 fr. 41 c., c'est-à-dire 232 fr. 26 c.. car Dutillet achète en fabrique; il se fournit chez Bertrand Guérard fils et Compagnie. Connaissez-vous la maison Guérard fils et Compagnie, mademoiselle ?

LA JEUNE FILLE DONT ON DIT : C'EST UNE EXCELLENTE PERSONNE.

Non, monsieur.

L'APPRENTI MILLIONNAIRE.

C'est une des meilleures maisons de la Villette. Ses bougies coulent volontiers... ses mèches sont défectueuses... mais elle n'en gagne que plus d'argent,

2ᵉ COUPLE.

LE COLLÉGIEN.

Décidément, il fait bien chaud, n'est-ce pas, mademoiselle!

LA PENSIONNAIRE.

Ah! oui, Monsieur, bien chaud!

3ᵉ COUPLE.

LE COULISSIER EN CONGÉ DE RÉFORME.

Cette manie de faire souper les gens à une heure indue est out à fait inconvenante; c'est comme si l'amphitryon vous disait : j'aime à croire que vous perdrez patience et que vous vous en irez l'estomac creux comme un tambour... Mais il se trompe, je ne m'en irai que lesté... Je suis à découvert d'une voiture et d'une paire de gants, je veux rentrer dans mes capitaux.

LA DAME VAPOREUSE.

Cet homme matériel m'agace horriblement les nerfs.

4e COUPLE.

LA DAME QUI N'EST PAS BONNE.

A tout seigneur tout honneur! Parlons d'abord du maître de céans. Emportez-en une pièce et la déposez à mes pieds... mais ne me dites pas qu'il est laid.

LE MONSIEUR QUI EST MAUVAIS.

Disons alors, qu'il a la beauté du diable!

5e COUPLE.

LE JEUNE HOMME TIMIDE.

. . . .

LA PETITE BLONDE.

. . . .

6e COUPLE.

LE DON JUAN MYOPE ET LOQUACE.

Pour moi, il n'y a qu'une femme au monde et cette femme c'est vous, madame!

LE PASTEL DU TEMPS DE LATOUR, minaudant..

Monsieur...

LE DON JUAN.

Pourquoi refusez-vous de m'ouvrir votre maison?

LE PASTEL.

Parce que vous me faites la cour, et parce que mon mari me défend de recevoir les personnes qu'il ne connaît pas.

LE DON JUAN.

Je viendrai quand il sera sorti; — il n'en saura rien.

LE PASTEL.

Mais je le saurai, moi.

LE DON JUAN.

Vous ne le lui direz pas.

LE PASTEL.

Je lui dis tout

LE DON JUAN.

Ce n'est pas assez — ou c'est trop. — Je me présenterai demain à quatre heures.

LE PASTEL.

Et si vous rencontrez mon mari, que ferez-vous?

LE DON JUAN.

Je ferai sa connaissance.

7e COUPLE.

LA JEUNE VEUVE.

Mais il y a autre chose que le roman.

LE MONSIEUR QUI PARLE COMME S'IL AVAIT DE L'ESPRIT.

Vous avez raison, madame, il y a la nouvelle qui commence toujours par une date et qui finit invariablement par un nom propre. — Exemple : « C'était le 10 avril 1794, un jeune homme pâle, à la physionomie distinguée....................... Et, ce jeune homme, c'était Bonaparte, ou c'était Cuvier, ou c'était Barras, ou c'était Talma.

LA JEUNE VEUVE.

On peut lire les chroniques de M. X***, ou les causeries de madame Z***.

LE MONSIEUR.

Jamais! Je connais trop bien le procédé de ces éminents écrivains. Leurs mots spirituels sont renouvelés des Grecs, comme le jeu de l'oie. — Ils les empruntent à Phrynée, à Laïs, ou à nos courtisannes du XVIIIe siècle, pour les prêter à la petite semaine aux nièces de ces dames, qui ont accepté l'héritage de leurs grand'tantes, sous bénéfice d'inventaire.

8e COUPLE.

LE JEUNE HOMME COMME IL N'Y EN A GUÈRE.

Tenez, mademoiselle Blanche, je vais vous parler à cœur ouvert. Nos grands parents ont formé le projet de nous lier l'un à l'autre ; mais, je suis un honnête garçon, je ne veux pas vous tromper... j'ai un caractère affreux, je suis joueur, querelleur..

LA JEUNE FILLE COMME IL Y EN A PEU.

(Souriant.) Je vois avec plaisir, monsieur, que ce mariage ne vous plaît pas plus qu'à moi, et que nous nous entendons tout juste assez pour comprendre que nous ne nous entendrions pas.

LE JEUNE HOMME.

Ainsi, mademoiselle, vous allez me refuser.

LA JEUNE FILLE.

Il vaut mieux que vous me refusiez, vous. Ma mère serait furieuse.

LE JEUNE HOMME.

Mais mon père me donnerait sa malédiction et me couperait les vivres.

LA JEUNE FILLE.

Comment faire, alors ?

LE JEUNE HOMME.

Ah ! j'ai une idée !... Que le sort décide la question ! (Il prend une poignée d'argent dans sa poche.) Devinez !

LA JEUNE FILLE.

Pair.

LE JEUNE HOMME.

Cinq louis ! J'ai gagné. C'est vous qui déclarerez que vous ne voulez pas être ma femme.

LA GALERIE.

CHŒUR.

LES DEMOISELLES QUI NE DANSENT PAS.

Je suis enchantée de ne pas danser. Tous ces cavaliers sont communs et laids. Je voudrais m'en aller tout de suite, car il y a quelque chose dans l'atmosphère qui dit qu'on ne s'amusera pas.

CHŒUR.

LES DEMOISELLES QUI DANSENT.

Ah! le joli bal! Tout ici respire un air de fête qui vous monte au cerveau et vous fait chaud au cœur. Tous nos danseurs sont charmants! Cette musique est entraînante! Une nuit comme celle-ci ne devrait jamais finir!

2.

UN TYRAN DOMESTIQUE.

Il est minuit ; viens-tu ?

LA VICTIME COMME IL Y EN A BEAUCOUP.

Oui, mon ami. Je n'ai plus qu'un seul engagement. Cherche donc M. Michel et invite-le à dîner pour demain.

(Le tyran domestique s'éloigne en maronnant. La victime comme il y en a beaucoup danse avec M. Cléobul.)

LE MAITRE DE LA MAISON.

Comment! M. Anatole se met à la bouillotte? c'est un abus

de confiance. Je n'ai invité que ses jambes. « Monsieur Anatole, engagez donc cette petite demoiselle, elle n'est pas jolie,
mais elle est fort spirituelle, — vous me remercierez. —
(A une dame.) Votre Madeleine est charmante ; c'est la reine
du bal.

UNE DAME DU MEILLEUR MONDE QUI A ÉTÉ TRÈS-MALHEUREUSE
EN MÉNAGE. ELLE FAIT DES MARIAGES PAR VENGEANCE, SANS
RÉTRIBUTION ET SANS GARANTIE DU GOUVERNEMENT.

(A plusieurs jeunes gens qui s'empressent autour d'elle.)

Vous avez raison, messieurs, le mariage est un luxe au-
dessus des moyens de bien des gens ; cependant, mariez-vous,
mais mariez-vous convenablement. J'ai dans mes cartons un
très-grand assortiment de jeunes personnes et de belles
veuves. (Feuilletant un carnet.) *Primo* : La nièce d'un sénateur,
sa dot n'est pas énorme, mais elle a des espérances... sa mère
est mourante, son oncle a des rhumatismes qui ne peuvent
le mener loin, et sa tante est poitrinaire. — On espère que le
climat si vanté de Nice l'achèvera promptement. L'affaire
n'est pas mauvaise. — *Secundo,* la fille d'un négociant qui a
fait souvent faillite mais qui a eu le courage de sacrifier son
honneur pour conserver une brillante fortune à son unique
enfant. — C'est un parti fort estimé.

UN JEUNE HOMME QUI N'EST PAS INVITÉ.

S'amuse-t-on ici ?

UN JEUNE HOMME BLASÉ.

Je n'en sais rien.

LE JEUNE HOMME QUI N'EST PAS INVITÉ.

J'étais au troisième, je m'ennuyais à périr, toutes les femmes y sont honnêtes, j'ai entendu la musique et je suis des-
cendu.

LE JEUNE HOMME BLASÉ.

Sans être invité?

LE JEUNE HOMME QUI N'EST PAS INVITÉ.

Je suis sûr que si le maître de la maison me connaissait, il m'inviterait. D'ailleurs, on ne demande jamais à un jeune homme qui il est, s'il danse.

LE JEUNE HOMME BLASÉ.

Tu danses encore? Moi, je ne danse plus depuis longtemps. J'ai aimé cela... il y a six mois, quand j'étais jeune ; aujourd'hui que j'ai dix-neuf ans, je trouve ce plaisir niais et ridicule.

LE JEUNE HOMME QUI N'EST PAS INVITÉ.

Tu joues?

LE JEUNE HOMME BLASÉ.

Non. Je trouve que le jeu n'en vaut pas la chandelle.

LE JEUNE HOMME QUI N'EST PAS INVITÉ.

Tu fais la cour à quelque belle dame?

LE JEUNE HOMME BLASÉ.

Allons donc! Je ne suis pas de ceux que les femmes attèlent à leur char, comme on dit poétiquement. Autrefois, j'ai eu beaucoup de bonnes fortunes, mais il y a des années que j'ai renoncé aux amourettes... Je n'aime pas la poudre de riz et je déteste le cold-cream.

LE JEUNE HOMME QUI N'EST PAS INVITÉ.

Que fais-tu au bal?

LE JEUNE HOMME BLASÉ.

Je m'ennuie... et quand je crois avoir suffisamment brisé mon enveloppe terrestre par la veille, je vais me coucher.

LE BOUTIQUIER DU REZ-DE-CHAUSSÉE.

Impossible de dormir! Font-ils du bruit là-haut! Ces gueux

de riches s'en donnent-ils ?... (A sa femme.) Eh ! Gervaise, est-ce
que tu dors ! Dis donc, pourquoi ne nous invite-t-il pas,
M. Dutillet?... Je ne sais en quoi il trafique, mais il est marchand... je suis 'marchand... Il achète vingt francs ce qui
vaut cinq louis et vend cinq louis ce qui vaut vingt francs ;
moi j'achète quatre sous ce qui vaut un franc et je vends un
franc ce qui vaut quatre sous... la proportion y est. Qu'est-ce
qu'il chante donc ?... Je suis autant que lui et plus même,
puisque j'ai un grade dans la garde nationale et qu'il n'est
que bizet !

LA BOUTIQUIÈRE DU REZ-DE-CHAUSSÉE.

Eh ! dors donc !

LE BOUTIQUIER DU REZ-DE-CHAUSSÉE.

Je ne peux pas. Ce Dutillet m'exaspère avec sa musique en-
ragée. (Donnant des coups de manche à balai au plofond.) Avez-vous
bientôt fini, là-haut.

LA BOUTIQUIÈRE DU REZ-DE-CHAUSSÉE.

Tais-toi donc, M. Dutillet est une pratique.

LE BOUTIQUIER DU REZ-DE-CHAUSSÉE.

Ça m'est égal... je me fiche bien du maître... Je suis bien
avec ses domestiques.

LA GRIPPE, L'ANGINE, LA FLUXION DE POITRINE, (enveloppées dans des
manteaux couleur de mystère, vont et viennent de long en large, surtout aux
environs des portes et des fenêtres entr'ouvertes.)

Ah ! ah ! ah ! amusez-vous, trémoussez-vous, mes belles
mondaines, demain, nous serons à votre chevet, accompa-
gnées de notre allié le médecin ! Ah ! ah ! ah !

UN DOMESTIQUE.

Je crois qu'il y a trop.... ou pas assez de citron dans ce punch... il me tarde d'être arrivé au fond du couloir noir qui mène à la cuisine pour le goûter.

LA POULE

LA POULE.

1er COUPLE

L'APPRENTI MILLIONNAIRE.

2,342, 50, avec les bougies, cela fait 2,574, 76; maintenant, il y a 93 lampes qui consomment, je veux dire qui consument... J'aurais pu laisser qui consomment pour 126 fr. d'huile et de gaz portatif. J'ai établi le compte pendant votre en avant-deux, 126 et 2,574, 76, nous donnent 2,700, 76... Ah! j'oubliais le bris des verres... je mets 3 fr. 50 c., ci 2,704, 26.

— Avez-vous pensé quelquefois, mademoiselle, que le bris des verres de lampe, est une dépense dans un ménage.

LA JEUNE FILLE DONT ON DIT C'EST UNE CHARMANTE PERSONNE.

Non, monsieur, mais j'y penserai à l'avenir.

2e COUPLE.

LE COLLÉGIEN.

Il fait toujours bien chaud, n'est-ce pas, mademoiselle ?

LA PENSIONNAIRE.

Oh ! oui, monsieur, bien chaud !

3e COUPLE.

LE COULISSIER EN CONGÉ DE RÉFORME.

C'est tout bonnement la ladrerie qui pousse les maîtres de maison à faire servir le souper si tard... mais c'est une économie mal entendue... car si nous avons faim à minuit, que sera-ce donc à trois heures du matin ?

LA DAME VAPOREUSE.

Le fait est, monsieur, que votre appétit menace de devenir effrayant.

4e COUPLE

LA DAME QUI N'EST PAS BONNE.

Connaissez-vous le couple qui danse en face de nous ?

LE MONSIEUR QUI EST MAUVAIS.

Le cavalier est un de mes amis, je vous demande grâce pour lui.

LA DAME.

Moi, je vous prie d'épargner la dame. Je l'aime infiniment; d'ailleurs, vous ne sauriez lui découvrir le moindre côté vulnérable.

LE MONSIEUR.

Il y a des taches au soleil.

LA DAME.

Qu'en savez-vous ?

LE MONSIEUR.

On me l'a dit.

LA DAME.

Oh! on vous dira aussi que mon amie est coquette et fausse et mauvaise langue et gourmande et inconsidérée et joueuse, joueuse surtout. Le fait est qu'elle est colossalement forte... Son mari lui donne mille écus par an pour sa toilette et elle dépense 25,000 francs.

LE MONSIEUR.

Elle fait des dettes?

LA DAME.

Non, elle joue.

LE MONSIEUR.

Elle a donc trouvé un trèfle à cinq feuilles?

LA DAME.

Elle perd généralement, mais son bénêt de mari croit qu'elle gagne.

LE MONSIEUR.

Le secret de tout cela?

LA DAME.

Demandez-le à ce vieux banquier israélite qui ne la quitte pas des yeux! Moi, je ne trahis pas l'amitié!

5e COUPLE.

LE JEUNE HOMME TIMIDE.

. . . .

LA PETITE BLONDE.

. . . .

6e COUPLE.

LE PASTEL DU TEMPS DE LATOUR.

Mon mari est charmant, pourquoi voulez-vous que je le trompe?

LE DON JUAN MYOPE ET LOQUACE.

Pour qu'il soit prouvé que tous ces messieurs sont égaux devant certaines infortunes.

7e COUPLE.

LA JEUNE VEUVE.

A vous croire, monsieur, on ne devrait lire que la gazette du soir.

LE MONSIEUR QUI PARLE COMME S'IL AVAIT DE L'ESPRIT.

Oui, en 1830, un journal publiait le fait-Paris suivant :
« Des mariniers ont retiré de la Seine un cadavre horriblement mutilé et cousu dans un sac. On croit à un suicide. »
Hier, j'ai trouvé dans la même feuille, le même canard avec
cette variante : « L'état du cadavre éloigne toute idée de suicide. » En 1863, on ne croit plus au suicide d'un malheureux
qui est coupé en morceaux et cousu dans un sac. Voilà la
différence.

LA JEUNE VEUVE.

C'est un progrès.

LE MONSIEUR.

Au fait... vous avez raison... je n'y pensais pas... c'est un
progrès !

8ᵉ COUPLE.

LA JEUNE FILLE COMME IL N'Y EN A GUÈRE.

Maintenant que je suis sûre de ne pas être obligée de vous

épouser, je me sens tout à fait à mon aise, et je puis avouer que le lendemain des bals, lorsque nous causions de nos danseurs au catéchisme de persévérance..., je vous citais toujours parmi les plus aimables, les plus distingués, les plus spirituels.

LE JEUNE HOMME COMME IL Y EN A PEU.

Moi, de mon côté, je vous trouvais charmante... mais...

LA JEUNE FILLE.

Mais vous aviez disposé de votre cœur sans la permission de M. votre père? dites-le donc franchement.

LE JEUNE HOMME.

Non, vraiment. Mais j'ai à l'endroit du mariage les idées les plus excentriques. Je veux aimer ma femme... Nous parlons toujours franchement, n'est-ce pas? Eh bien! lorsque mon père m'a dit, de sa grosse voix : tu as vingt-sept ans, il est temps de songer á t'établir, j'ai causé avec M. Dutillet, il t'accorde la main de sa fille, je vous ai trouvée laide.

LA JEUNE FILLE.

Comme c'est naturel.

LE JEUNE HOMME.

Et je me suis mis à vous détester cordialement quand il a ajouté : C'est demain qu'aura lieu l'entrevue, la demoiselle ne saura rien.

LA JEUNE FILLE.

. A moi, on a dit : Le jeune homme ignorera tout.

LE JEUNE HOMME.

Si je n'avais pas pris le parti de vous parler sincèrement, aurions-nous été assez ridicules ?

LA JEUNE FILLE.

Assez embarrassés.

LE JEUNE HOMME.

Assez guindés.

LA JEUNE FILLE.

Il ne m'aurait plus été possible de nous regarder sans rire.

LA GALERIE.

CHŒUR.

DE JEUNES GENS QUI ONT DES CHARGES A PAYER.

Tayau! Tayau! Tayau! Il y a ici des dots; mettons-nous en chasse! Tayau! Tayau! Tayau! Soyons aimables et gracieux; allons! la bouche en cœur et le jarret tendu! Tayau! Tayau! Tayau! Ayons surtout l'air d'aimer le monde! Un jeune homme qui aime le monde à toutes les qualités! Tayau! Tayau! Tayau!

LE MAITRE DE LA MAISON, à une dame.

Vous devez bien vous amuser, madame! Avez-vous assez de succès!... véritablement, vous êtes la reine du bal. (Un domestique renverse un plateau bien garni sur la robe de la dame.) (Au domestique.) Maladroit! je vous chasse! (A la dame qui lui lance des regards couronnés.) Je suis désespéré, madame... Comment se porte monsieur votre mari?

LA DAME, dont l'œil s'est rasséréné subitement.

Il est mort, il y dix-huit mois.

LE MAITRE DE LA MAISON, préoccupé.

Espérons que ce ne sera rien.

LE FEU.

Quelle chaleur! Ouf! Ouf! Je suffoque! Comment ces petites créatures frêles comme des roseaux peuvent-elles vivre dans une atmosphère aussi atrophiante? Décidément, rien n'est plus fort qu'une faible femme! Moi, je n'y tiens plus... j'étouffe... je me meurs... Ah!... (Le feu s'éteint.)

UN CHRONIQUEUR.

Savez-vous quelques histoires un peu scandaleuses qui se rattachent aux personnes de cette société?

UN AMI DE LA MAISON.

Oui, voyez cette dame qui est plus chargée de choses précieuses que la mule du pape. On la croit mariée et elle ne l'est pas. Elle a tout quitté pour suivre un amant qu'elle trompe aujourd'hui comme dans un bois.

LE CHRONIQUEUR.

C'est élémentaire; il remplace le mari, il doit jouir de tous les bénéfices de l'emploi. Autre chose.

L'AMI DE LA MAISON.

Regardez ce monsieur qui a été jeune ; sa femme est morte lui laissant une fortune considérable. Le jour de l'ouverture du testament, son chagrin était si vif qu'il voulait se jeter dans la Seine. Il y a trois mois à peine de cela, et il est déjà remarié !

LE CHRONIQUEUR.

C'est bien commun, mais j'arrangerai cela. Je dirai que j'ai rencontré un homme qui est resté fidèle au souvenir de sa femme. Ce sera infiniment plus original.

LE MONSIEUR DU SECOND, Magistrat intègre.

Rhonn !... Rhonn !... Rhonn !...

LA DAME DU SECOND.

Mon ami, entends-tu?... C'est le grand vendredi des Dutillet... On danse... Si nous y avions pensé en sortant de l'Opéra, nous aurions pu aller chez Agathe. C'est son jour aussi à elle.

LE MONSIEUR DU SECOND.

Rhonn! Rhonn! Rhonn!

LA DAME DU SECOND, à elle-même.

Les vaudevillistes prétendent que les magistrats passent leurs journées à dormir au palais. Je voudrais qu'il y en eût un ici, il verrait que sa plaisanterie manque de sel... car, il est impossible qu'un homme puisse dormir ainsi vingt-quatre heures de suite, même lorsqu'il est un homme supérieur.

LE MONSIEUR DU SECOND.

Rhonn! Rhonn! Rhonn!

LA DAME DU SECOND, (se soulevant pour regarder dormir son mari et laissant voir à travers les clairiéres d'une forêt de cheveux noirs, une épaule d'une blancheur à rendre jalouse une blonde, blonde comme les bleds.)

Car, mon mari est un homme supérieur. Étant substitut, par son éloquence, il a obtenu 27 têtes, 7,947 années de bagne et trois fois autant de prison... C'est beau cela!... Aussi à 36 ans, le voilà juge!

LE MONSIEUR DU SECOND.

Rhonn! Rhonn! Rhonn!

LE MARI D'UNE JOLIE FEMME.

Je dois être ce matin, avec le jour, à mon bureau. Il est quatre heures et Laure a encore huit engagements... Quelle existence! Il y a pourtant des gens qui envient mon sort et qui plaignent les chevaux d'omnibus.

LE TYRAN DOMESTIQUE.

Je t'avais défendu de danser avec ce M. Cléobule, et voilà deux contredanses consécutives que tu lui accordes. Je renouvelle ma défense.

LA VICTIME COMME IL Y EN A BEAUCOUP.

Bien, mon ami. Cours donc redemander mon éventail que j'ai confié à madame Duval. Elle s'en va, tu la rattraperas dans l'escalier. (Le tyran s'éloigne en grommelant, la victime comme il y en a beaucoup, danse avec M. Cléobul.)

CHŒUR.

DE MEUBLES DANS LES CABINETS NOIRS.

Nous étouffons ici... Les gens qui ne sont pas assez riches

pour avoir des salles de danse, devraient bien ne recevoir que quelques amis intimes, et laisser chez eux tous ces indifférents qui dévorent leurs glaces et tarissent leur punch en trouvant qu'ils lésinent sur le sucre.

UNE BERGÈRE LOUIS XV, en bois doré.

Vertuchoux! de mon temps, on était logé de façon à pouvoir donner des fêtes sans déranger ses meubles.

UN FAUTEUIL RENAISSANCE, en vieux chêne.

Pâques-Dieu! ma mie, c'est devant moi que vous osez parler!... mais c'est la mignardise de votre temps qui a engendré la mesquinerie de celui-ci!

UN CRAPAUD MODERNE.

Notez que les loyers n'étaient pas alors aussi cher qu'aujourd'hui.

LE FAUTEUIL RENAISSANCE, avec dédain.

De mon temps, petit, on eut campé dehors un crapaud de votre acabit, qui se serait permis de prendre la parole devant des meubles de notre sorte.

LA BERGÈRE LOUIS XV.

Sachez que vingt duchesses ont daigné me confier leur gracieuse personne.

LE FAUTEUIL RENAISSANCE.

Sachez que mon premier propriétaire a eu six aïeux tués aux croisades et qu'il est mort dans mes bras!

LE CRAPAUD MODERNE.

C'est peut-être très-flatteur... mais, je le confesse humblement, je n'ai aucune espèce d'admiration pour la noblesse qui se transmet de père en fils, comme un lopin de terre ou comme un coupon de trois pour cent. Je trouve que l'on vaut tout juste ce que l'on vaut par soi-même et rien de plus... est-ce que le coucou qui vient au monde dans le nid d'un rossignol... est un rossignol?

LE FAUTEUIL RENAISSANCE ET LA BERGÈRE LOUIS XV, ensemble.

C'est un socialiste! horreur! Pouah! C'est un Jacobin.

REPRISE DU CHŒUR DE MEUBLES.

PASTOURELLE

PASTOURELLE.

1er COUPLE.

L'APPRENTI MILLIONNAIRE.

Nous avons 2,704 francs 26 centimes. Et nous voici arrivés à la partie délicate. — La toilette des dames Dutillet ; vous me direz que celle de la mère est d'une distinction problématique, vous avez raison, mais elle n'en coûte que plus cher. Les dentelles sont vieilles, mais la robe et la parure sont neuves. Les bijoux ne datent pas d'hier, mais les gants, les souliers, les fleurs, et mille autres riens fort chers, sont d'aujourd'hui; allons, j'estime le tout à 1,000 francs. Croyez-vous, mademoiselle, que je sois loin de la vérité?

LA JEUNE FILLE.

Je n'en sais rien, monsieur.

2e COUPLE.

LE COLLÉGIEN.

Il fait de plus en plus chaud, n'est-ce pas, mademoiselle?

LA PENSIONNAIRE.

Oh! oui, monsieur, très-chaud!

3e COUPLE.

LE COULISSIER.

Décidément, je vais tomber d'inanition!

LA DAME VAPOREUSE.

J'aime à croire que vous allez attendre la fin de la contredanse pour tomber, monsieur. Je ne tiens pas à me donner en spectacle.

LE COULISSIER.

Rassurez-vous, madame, c'est une simple figure de rhétorique.

4e COUPLE.

LA DAME QUI N'EST PAS BONNE.

Votre ami est fort bien encore.

LE MONSIEUR QUI EST MAUVAIS.

Surtout de loin !

LA DAME.

Il a les dents blanches.

LE MONSIEUR.

Elles sont neuves d'aujourd'hui. Il s'est aussi fait reteindre depuis la pointe des cheveux jusqu'à la racine des moustaches, pour être agréable à M. Dutillet ; mais cela ne m'étonne pas, il est si bon !

LA DAME.

Ah ! il est bon ?

LE MONSIEUR.

Jugez-en vous-même. L'an dernier, il est allé prendre les eaux d'Ems (1), uniquement parce que son médecin les avait ordonnées à sa femme, et qu'elle ne pouvait pas se déplacer.

5e COUPLE.

LE JEUNE HOMME TIMIDE.

. . . .

LA PETITE BLONDE.

. . . .

(1) Ems duché de Nassau. Succursale du paradis sur la terre, très fréquentée par la bonne Société française et russe. Ses eaux bienfaisantes rendraient la santé à un mort (2), s'il y mettait un peu du sien.

(2) J'aurais dû écrire *une morte*, car ce sont les jolies femmes fatiguées par les plaisirs de l'hiver qui ont pris Ems sous leur protection immédiate.

Réclame non payée.

6e COUPLE.

LE PASTEL DU TEMPS DE LATOUR.

Vous ne m'avez pas encore dit que vous seriez le plus heureux des hommes si vous pouviez expirer à mes pieds.

LE DON JUAN MYOPE ET LOQUACE.

C'est un oubli, et je m'empresse de le réparer. Oui, madame, je voudrais mourir pour vous, si en mourant j'étais sûr de vivre éternellement à vos côtés!

7e COUPLE.

LA JEUNE VEUVE.

On peut choisir des ouvrages plus sérieux.

LE MONSIEUR QUI PARLE COMME S'IL AVAIT DE L'ESPRIT.

Oui ; prenez une revue, par exemple, vous y lirez un travail considérable de M. Y***, qui a passé les trente plus belles années de sa vie à découvrir que les fourmis ont un cerveau assez bien organisé pour leur permettre de faire la causette entre elles. Ce qui prouve surtout l'importance de cette découverte, c'est qu'elle a déjà été faite, il y a un siècle et demi, par un savant aussi patient que M. Y***, et encore plus distingué.

8e COUPLE.

LE JEUNE HOMME COMME IL N'Y EN A GUÈRE.

Tout est pour le mieux dans ce meilleur des mondes.

LA JEUNE FILLE COMME IL Y EN A PEU.

Je suis ravie de vous voir dans ces dispositions-là! moi aussi, j'ai horreur du mariage tel qu'on l'entend aujourd'hui. Je ne suis pas de mon siècle. Il me semble que si jamais je me marie, je voudrai choisir moi-même l'homme à qui je confierai le soin de mon bonheur.

LE JEUNE HOMME.

Vous avez raison, mademoiselle Blanche, n'épousez jamais que l'homme que vous aimerez. C'est si gentil le ménage de deux amoureux, qui passent leur vie seuls ensemble.

LA JEUNE FILLE.

On voyage.

LE JEUNE HOMME.

Et quand on est fatigué de courir sur les grandes routes, on vient se reposer loin des importuns, dans un petit nid entouré de grands arbres.

LA JEUNE FILLE.

Tout cela est bien agréable, mais vous aimez bien autant aller à votre cercle et fumer un bon cigare.

LE JEUNE HOMME.

Moi, je ne fume pas.

LA JEUNE FILLE.

Vous ne jouez peut-être pas non plus?

LE JEUNE HOMME.

J'ai horreur du jeu !

LA JEUNE FILLE.

Je comprends. Pour être sûr de me déplaire, vous avez cru indispensable de vous donner une foule de vilains défauts !.. Mais savez-vous que c'est un peu bien fat, cela ?

LE JEUNE HOMME.

Je vous demande grâce. Maintenant que le danger est passé, je peux vous dire que je ne ressemble pas du tout au portrait que j'ai tracé. J'aime la musique, les voyages, la campagne, mais je déteste le bois que vous aimez tant ?

LA JEUNE FILLE.

Moi ! je ne peux pas le souffrir. Cette promenade autour de trois seaux d'eau me semble insipide.

LE JEUNE HOMME.

Vous n'aimez pas le bois ?... Vous n'aimez pas vous montrer dans une grande voiture découverte ?...

LA JEUNE FILLE.

Non vraiment !

LE JEUNE HOMME.

Ah ! pour être sûre de me déplaire, vous avez cru indispensable de vous donner une foule de vilains défauts ! Savez-vous que c'est un peu bien... Il n'y a pas de féminin à fat !

LA JEUNE FILLE (à part.)

Il est très-bien !

LE JEUNE HOMME (à part.)

Elle est charmante !

LA GALERIE.

CHŒUR.

DE DOMESTIQUES DANS L'ANTICHAMBRE.

Cinq heures! Ils s'amusent là-bas!... sans penser à nous, qui nous morfondons ici. Les égoïstes! Ah! si nous étions les maîtres!... nous ferions absolument comme eux!

UNE DAME QUI PART.

Monsieur Dutillet, votre fête a été charmante!

LE MAITRE DE LA MAISON.

Quoi! madame, vous partez déjà et vous nous enlevez mademoiselle Berthe! Mais que deviendront ses danseurs s'ils perdent la reine du bal?

UN NÉGOCIANT.

Que pensez-vous du traité de commerce?

UN IDEM.

C'est la ruine de l'Angleterre.

UN IBIDEM

C'est la ruine de la France.

LE NÉGOCIANT.

Je vous croyais libre-échangiste?

L'IBIDEM.

Libre-échangiste n'est peut-être pas tout-à-fait le mot: Qu'on laisse entrer nos produits en Angleterre à peu près gratis, très-bien... mais, je suis fâché de voir les marchandises anglaises s'introduire au même prix chez nous, voilà mon opinion.

UNE DAME QUI VEUT ÉLARGIR SON CERCLE, à madame Dutillet.

Chère madame, je donne lundi mon grand bal, vous seriez bien aimable si vous vouliez me prêter quelques-uns de vos danseurs.

MADAME DUTILLET.

Volontiers, chère madame; voici la liste complète de mes jeunes gens; elle est divisée en trois classes :
1° Les intrépides;
2° Ceux qui faiblissent vers deux heures du matin;
3° Ceux qui ne dansent plus.

4.

LA DAME QUI VEUT ÉLARGIR SON CERCLE.

Je n'appelle pas la 3ᵉ classe.

MADAME DUTILLET.

Naturellement.

VOIX DE JOUEURS DANS LE SALON VOISIN.

Je perds des sommes énormes!

LE PHILOSOPHE.

Remarquez - vous que jamais personne n'avoue qu'il gagne?... Et cependant chacun prétend jouer mieux que ses partenaires?

L'AUTRE GUITARE.

Pourquoi?

LE PHILOSOPHE.

Je constate les choses inexplicables. — Je ne les explique pas.

UN JEUNE PEINTRE.

Ne perdez-vous pas trop votre temps, mes amis?

UN JEUNE COMPOSITEUR.

Récitatif.

Non, monsieur de Leuven, l'intelligent auteur
Qui fit : *Le Postillon* et qu'on fit directeur,
Est dans ces murs...

(Parlé.) J'espère pouvoir mettre le feu à un pan de son habit ;
j'éteindrai l'incendie au péril de ses jours, et je réclamerai
un poëme de Michel Carré, pour prix de mon intrépidité !

UN 32ᵉ D'AGENT DE CHANGE.

Moi, je me promène gravement de salon en salon, et je dis
de temps à autre, d'une voix sépulcrale : L'Angleterre arme...
La Russie fait patte de velours... Les brochures nous promet-
tent la paix... C'est grave !... C'est très-grave !... C'est excessi-
vement grave !.. Je sème l'épouvante chez mes clients, demain,
je récolterai des courtages.

UN JEUNE AUTEUR.

Le directeur du Gymnase est ici, je le guette ; s'il va du
côté d'un boudoir écarté que j'ai découvert, je me précipite sur
ses pas, je ferme la porte, j'avale la clé et je lui lis une comédie que jai toujours sur moi. S'il se défend, je suis armé.

LE PEINTRE.

Moi, je fais la cour à la cousine du ministre... Oh ! en tout
bien, tout honneur, elle est horrible. Je veux obtenir une
commande par son entremise, et rien de plus.

UN AVOCAT PATHÉTIQUE A LA JOURNÉE, A LA COURSE ET A L'HEURE.

A me voir empressé comme je le suis auprès de madame X..., vous allez me croire amoureux... pas du tout, je
tiens seulement à lui montrer la différence qui existe entre
un homme aimable et son mari... Je n'ai pas d'autre but que

de la conduire jnsqu'aux bords fleuris de l'abime, un de vous se chargera bien du reste. Alors, le mari se fâchera... il y aura procès en séparation et... je serai l'avocat de la dame!... Quelle cause, mes amis, quelle cause!

LE PHILOSOPHE.

Pauvres gens! comme ils s'agitent, comme ils se démènent; ils finiront pourtant par se faire leur petite place dans le monde; au-dessous de celle qu'ils se croyaient le droit d'ambitionner, bien entendu. Ils en prendront peu à peu leur parti, ils seront sur le point d'être heureux, quand la mort leur criera à l'oreille : Au rideau, la pièce est finie !

LE TYRAN DOMESTIQUE.

Il est quatre heures du matin ! partons-nous enfin ? Je tombe de sommeil !

LA VICTIME COMME IL Y EN A BEAUCOUP

Après le cotillon. Tu peux aller dire à Jean-Louis de faire avancer la voiture.

(Le tyran domestique s'éloigne en grognant. La victime comme il y en a beaucoup danse avec M. Cléobul.)

CHŒUR.

DE BOUGIES.

Est-il un sort plus triste que le nôtre! brûler, toujours brûler! Les âmes du purgatoire obtiennent leur grâce au bout de quelques milliards de siècles... Nous, jamais!

UNE BOUGIE PÉTILLANTE D'ESPRIT (à sa voisine).

J'ai envie de faire une farce.

LA VOISINE.

Je vous vois venir.

LA BOUGIE PÉTILLANTE D'ESPRIT.

Vous devriez bien faire quelques pas à ma rencontre.

LA VOISINE.

Vous voulez couler sur l'habit de ce monsieur qui est décoré d'un nez que bien des gens mettraient volontiers à leur boutonnière.

LA BOUGIE PÉTILLANTE D'ESPRIT.

Non, je veux déposer un baiser brûlant sur le cou de cette petite demoiselle qui semble m'avoir dérobé une étincelle pour s'en faire des bandeaux.

TOUTES EN CHŒUR.

Assez de marivaudage comme cela. — La contredanse va finir... pas de préférence... Coulons sur tout le monde.

(Les bougies coulent ; les habits noirs sont mouchetés ; beaucoup d'épaules de femmes sont encore plus rouges que devant.)

LES LAMPES.

Le feu s'est éteint... les bougies coulent... si nous filions... bah ! filons !

(Les lampes filent, brouhaha général.)

CHŒUR.

DE JEUNES FILLES.

Oh ! que je voudrais rencontrer mon idéal ! Un jeune homme aimable, spirituel, blond, distingué, beau et... riche !

1re VARIANTE (même air.)

Ah! que je serais heureuse, si j'épousais un jeune homme doux, prévenant, un peu bête, brun, joli garçon et... riche!

2e VARIANTE (même air.)

Quand serai-je la femme d'un jeune homme pâle, vaporeux, tendre, aimant, châtain et... riche?

GALOP OU FINAL

FINAL OU GALOP.

1er COUPLE.

L'APPRENTI MILLIONNAIRE.

La toilette de mademoiselle Dutillet est d'une simplicité toute virginale. Elle ne coûte pas 150 francs à sa famille. — Mais mademoiselle Blanche se rattrapera, gardez-vous d'en douter, aussitôt mariée ; vous la verrez parée comme une châsse de saint belge, un jour de procession. Récapitulons. Nous avons

5

reporté 2,704 fr. 26 c., ajoutons 1,000 fr. d'une part et 150 fr. de l'autre, nous avons un total de 3,854 fr. 26 c. Croyez-vous que M. Dutillet se soit amusé pour 3,854 fr. 26 c. ?...

LA JEUNE FILLE.

Je l'ignore, monsieur, mais je puis le lui demander.

L'APPRENTI MILLIONNAIRE.

Ah ! j'oubliais ! il faut ôter l'escompte, deux pour cent sur la somme totale ; c'est égal, il ne s'est pas amusé pour 3,756 francs 16 centimes et demi !

2e COUPLE.

LE COLLÉGIEN.

Il fait toujours bien chaud, n'est-ce pas, mademoiselle ?

LA PENSIONNAIRE.

Oh ! oui, monsieur, bien chaud !

3e COUPLE.

LE COULISSIER.

Après la contredanse, j'irai prendre une tranche de quelque chose au café Anglais.

LA DAME VAPOREUSE.

Ah? vous vous décidez à partir ?

LE COULISSIER.

Oui, mais je reviendrai à trois heures, pour le souper.

4e COUPLE.

LE MONSIEUR QUI EST MAUVAIS.

Voulez-vous voir une curiosité ? regardez à ma droite.

LA DAME QUI N'EST PAS BONNE.

Ce monsieur dont les cheveux sont hérissés et semblent vouloir brosser le plafond ?

LE MONSIEUR.

Oui. C'est Othello, moins la nuance, il est marié avec une petite femme toute blanche et rose, qui est honnête à sa manière. — Elle ne commence jamais un roman nouveau qu'après avoir écrit le mot fin au bas de l'ancien roman ! Alors, elle trouve moyen de rendre son mari jaloux de son ex-amant, que j'appellerai **A**. Aussitôt Othello, qui est très-bien dressé, se met à la poursuite de **A**, dont il se constitue le garde du corps, laissant ainsi le champ libre à Desdemone et à **B**. **B**, c'est le nouvel amant. Le pauvre homme fait le pied de grue à la porte de **A**, tandis que **B** abuse de ses pantoufles; il exécute

5.

des marches et des contremarches à faire mourir de dépit le Basque le mieux confectionné, jusqu'au jour où il découvre que **A** est exclusivement occupé d'une danseuse de l'Opéra ou d'une écuyère de l'Hippodrome. Alors, il vient se jeter aux pieds de sa femme, qui lui pardonne et le lance sur la piste de **B**, qui a eu le temps de devenir le passé. Othello est marié depuis six ans, et il y en a sept qu'il tourne dans ce cercle vicieux. Un vaudevilliste qui le connaît l'appelle *un mari qui retarde.*

5e COUPLE.

LE JEUNE HOMME TIMIDE.

. . . .

LA PETITE BLONDE.

. . . .

6e COUPLE.

LE PASTEL DU TEMPS DE LATOUR.

Voulez-vous que je vous parle avec une entière franchise, monsieur... Je ne crois pas à l'amour qui naît entre un bouquet de lilas blanc et une glace à la vanille. Il doit se faner comme lui ou fondre comme elle.

LE DON JUAN MYOPE ET LOQUACE (cherchant avec agitation son binocle qui se promène sur son épaule).

Je ne vous comprends pas.

LE PASTEL.

Hier vous ne me connaissiez pas, ce soir vous m'aimez, vous m'adorez, vous m'idolatrez, et qui sait si vous me saluerez demain.

LE DON JUAN MYOPE ET LOQUACE (qui cherche toujours son binocle).

Mais vous avez donc oublié que nous avons été enfants ensemble; que vous m'appeliez votre petit mari et que je vous appelais ma petite femme? Ce matin, en fouillant dans un meuble, j'ai trouvé un hanneton que je tiens de votre munificence. Eh bien! j'ai pour ce petit coléoptère, ganalisé par le temps, toute la sollicitude d'une mère pour son fils.

LE PASTEL DU TEMPS DE LATOUR (Riant).

Un hanneton! franchement, je n'ai aucun souvenir... mais, puisque nous sommes d'anciens amis... venez, nous reprendrons nos études d'histoire naturelle où nous les avons laissées.

LE DON JUAN MYOPE ET LOQUACE (qui a trouvé son binocle et qui lorgne le Pastel du temps de Latour sans être plus impoli qu'il ne convient à un myope assez mal élevé).

Ciel! madame, combien je vous dois d'excuses! Je croyais parler à madame B*** ; oubliez tout ce que je vous ai dit ; je suis horriblement myope... (A part.) C'est madame Mathusalem!

7e COUPLE.

LE MONSIEUR QUI PARLE COMME S'IL AVAIT DE L'ESPRIT.

Pour ce qui est du théâtre, prenez un vaudeville, un opéra,

une comédie, une pantomime, une tragédie, et vous aurez ceci : un père qui veut marier sa fille à un homme riche. La jeune fille aime son cousin. Le père sait très-bien qu'il finira par faire ce que désire sa fille, mais s'il donnait tout de suite son consentement, la pièce serait trop courte. Il grossit donc sa voix jusqu'au moment où il juge que le public en a assez ; alors il pardonne en s'écriant : Enfants, soyez heureux! croissez et pullulez comme les lapins de la garenne, pour ne pas laisser ces bons auteurs dramatiques sans ouvrage. — Après ce speech, en prose, en vers ou en ronds de jambes, la toile tombe, et la pièce fait souvent comme la toile.

LA JEUNE VEUVE.

Tout ce que vous pourrez dire ne m'empêchera pas d'aller voir un drame qui fait pleurer tout Paris depuis quinze jours.

LE MONSIEUR

Je sais ce que c'est.

LA JEUNE VEUVE.

Vous l'avez vu ?

LE MONSIEUR.

Non, mais je puis vous le raconter :

1er *Acte*.— Une jeune fille plus blanche que la blanche hermine, se laisse facilement séduire par un monsieur qui a un habit noir. Ce monsieur est un misérable, par cela seul qu'il a un habit noir.

2e *Acte*. — L'enfant, qui est né de cet accident ne veut pas croire qu'on l'a trouvé sous un chou, aussi fatigue-t-il tous les échos en leur criant sans cesse : ma mère! qui pourra me dire où est ma mère? Ces échos lui renvoient ses propres paroles, ce qui prouve bien qu'ils ne veulent pas répondre.

3e *Acte*. — Vingt ans se sont passés. Tout-à-coup, la mère qui avait bien d'autres enfants à fouetter, s'écrie : mais, j'avais un fils de cet infâme habit noir... qui pourra me dire ce qu'est devenu ce fils... A partir de ce moment, elle n'a plus une seule taloche pour ses autres enfants.

4ᵉ *Acte.* — L'enfant a sur lui la moitié d'un sequin ; la mère a l'autre moitié du sequin dans son porte-monnaie... enfin, dans une scène déchirante, ces deux moitiés de sequin se complètent, s'embrassent et vocifèrent : ma mère! mon fils! dans mes bras! sur mon cœur !

5ᵉ *Acte.* — L'habit noir, qui est plus que jamais un misérable et un traître, meurt, à la grande joie de messieurs les titis qui ne sont pas des saints bien qu'ils soient au Paradis.

LA JEUNE VEUVE.

Mais vous, monsieur, que faites-vous tous les soirs?

LE MONSIEUR.

Je joue aux dominos, madame, il y a plus d'imprévu ; on n'a pas toujours le double-six.

8ᵉ COUPLE.

LE JEUNE HOMME COMME IL N'Y EN A GUÈRE.

Voilà le quadrille qui va finir, n'oubliez pas nos conventions : c'est vous qui devez me refuser.

LA JEUNE FILLE COMME IL Y EN A PEU.

(Rêveuse.) C'est vrai, j'ai perdu.

LE JEUNE HOMME

Vous paraissez soucieuse, mademoiselle Blanche?

LA JEUNE FILLE.

Je pense que jamais je n'oserai dire à ma mère que je ne veux pas être votre femme! Dites plutôt que je vous déplais.

LE JEUNE HOMME.

Je ne sais pas mentir, et puis je serais bien reçu par mon père qui tient à ce mariage comme à la prunelle de ses yeux... d'ailleurs, j'ai gagné !

LA JEUNE FILLE.

Et si je n'ai pas le courage d'affronter la colère de mes parents?

LE JEUNE HOMME.

Vous subirez les conséquences de votre faiblesse. Je serai votre mari!

LA JEUNE FILLE, souriant.

Eh! bien, je me résignerai à mon sort. (Bas.) Reconduisez-moi à ma place, vous ne voyez donc pas que la contredanse est finie!

FIN

POISSY. — TYP. ET STÉR. DE A. BOURET.

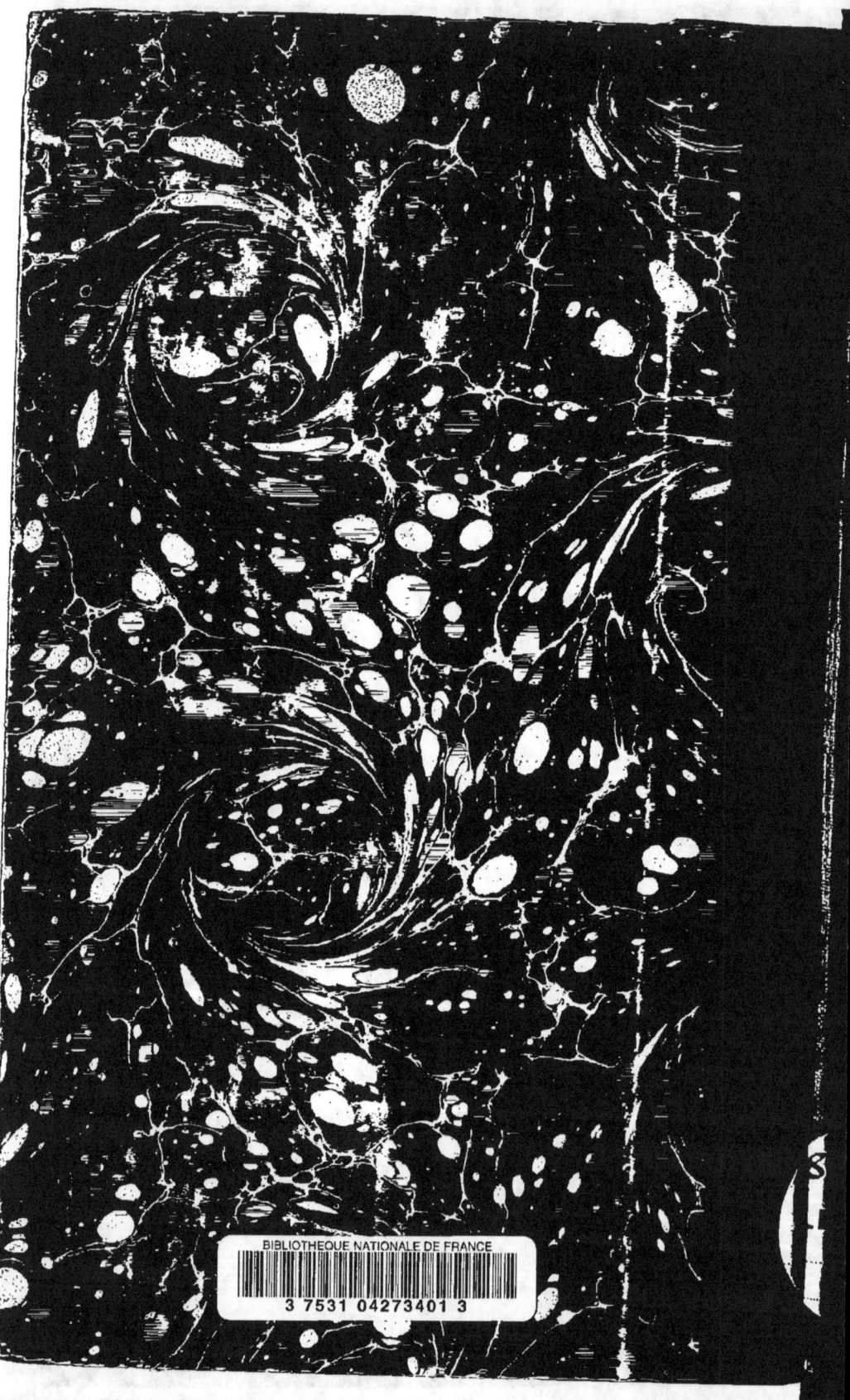

www.ingramcontent.com/pod-product-compliance
Lightning Source LLC
Chambersburg PA
CBHW071122260626
47162CB00006B/2422